AF503000

FERNAN DEZDELLA

MASCARONS

et

VIGNETTES

PARIS
IMPRIMERIE SIMON RAÇON ET COMPAGNIE
1, RUE D'ERFURTH, 1

1865

MASCARONS

ET

VIGNETTES

PARIS. — TYP. SIMON RAÇON ET COMP., RUE D'ERFURTH.

FERNAN DEZDELLA

MASCARONS

ET

VIGNETTES

L'art des transports de l'âme est un faible interprète :
L'art ne fait que des vers, le cœur seul est poëte.

ANDRÉ CHÉNIER.

PARIS

IMPRIMERIE SIMON RAÇON ET COMPAGNIE

1, RUE D'ERFURTH, 1

1865

A MI AMIGO

DON PEDRO LEON GALLO

TESTIMONIO

DE GRATITUD Y DE AMISTAD FRATERNAL

FERNAN DEZDELLA

Paris, octubre 1865.

BEATUS

—

I.

Formidable dévot, bouillant de sainte bile,
Tu fulmines l'insulte au nom de l'Évangile ;
Portant à bras tendus les tables de la Loi,
Tu poses, dans l'arène, en boxeur de la foi ;
Puis tu voudrais traîner, rude soudard du Pape,
Tous nos libres penseurs au couvent de la Trappe, —

D'un chapelet d'airain te faisant un marteau,
Leur clouer ta croyance aux lobes du cerveau, —
Sinon dauber, brûler cette clique insoumise,
Qui brave. en ricanant, les foudres de l'Église.

II

Tu pétris, sous tes doigts, énergique mouleur,
Le mot resplendissant de forme et de couleur ;
Nains, qui nous blotissons dans de petites phrases,
De ton verbe hautain, géant, tu nous écrases ;
Sur nos faibles ergots, nous qui rasons le sol,
Aigle des prosateurs, nous admirons ton vol ;

Mais lorsque tu maudis la rieuse jeunesse,
Qui chante en ton chemin quand tu vas à la messe,
Tu n'es plus notre maître ; oh ! non, disons le mot,
Tu n'es plus pour nous tous qu'un superbe cagot ;
Tu n'es plus qu'un béat, frisant la cafardise, —
Qui se glisse en grognant sous les murs d'une église,
Et qui, le cœur gonflé de catholicité,
Marmotte, en maudissant, un *benedicite.*

L'orgueil doit s'abaisser sous la voûte chrétienne,
Dont la Charité seule est la sainte gardienne ;

Qu'importe le plain-chant, l'encens, le faux-bourdon :
Le Christ n'a qu'une loi d'amour et de pardon !

Nos mères et nos sœurs vont souvent à confesse :
Pourquoi n'irais-tu pas à vêpres, à la messe ;
Mais l'amour du vrai Dieu n'est qu'une pâle fleur,
Quand son germe n'est point au fond de notre cœur.

III

Par le bruit de tes pas troublant les sacristies,
Tu vas pompeusement recevoir les hosties ;
Et tu vas sur les toits, gros apôtre mondain,
Jouer du mirliton sur le mode romain : —
A ta prose, à tes vers mettant une sourdine,
Frappe, frappe, à l'écart, ta massive poitrine ;
Et si tu veux grossir le nombre des élus,
Endosse la soutane, — et qu'on n'en parle plus.

1864

LE VENTRE

—

I

La poésie est morte !... et les temps sont venus
De proclamer bien haut la gloire des ventrus !
Pourquoi rêver, chanter? la panse seule est forte !
Le ventre seul est grand ! — La poésie est morte !

Plus de bardes piteux ! plus de piètres rimeurs !
Nous voulons beaucoup d'or, des femmes, des primeurs,

Des regards bien lascifs, des flonflons bien obscènes,
Des maillots transparents sur d'impudiques scènes.

II

Aimer, c'est s'oublier dans un double bonheur, —
Pleurer, souffrir à deux d'une même douleur ;
C'est écouler ses jours sur des pentes fleuries ;
C'est prier, c'est rêver, c'est vivre de deux vies ;
C'est faire de son cœur un nid bien parfumé,
Pour y mieux retenir le cœur du bien-aimé.

III

Non : — Aimer à Paris, c'est fumer des havanes,
Lamper des vins mousseux avec des courtisanes, —
Des filles de théâtre ou filles de boudoir,
Qui vendent de l'amour, — sans jamais en avoir !

Ces filles de portiers ou de porteurs de hottes
Ne sont plus aujourd'hui que d'impures *cocottes* :
Laissons-les picorer les perles au fumier ;
Ne les maudissons pas : l'amour est leur métier.
Pour elles, la débauche est parfois un supplice :
Ne les maudissons pas, ces martyres du vice.

IV

Faisons vibrer plutôt notre fouet contempteur
Sur les reins potelés de ces femmes sans cœur,
Qui, sous les noms sacrés d'épouses et de mères,
Traînent dans les salons leurs nobles adultères,
Le front enluminé de fleurs, de diamants,
Qu'achètent leurs maris, — que payent leurs amants !
Anathème sur vous, courtisanes titrées,
Vous valez encor moins que les filles tarées !

V

Oui, ma muse est chagrine et mon vers est brutal ;
Dois-je prendre des gants pour flageller le mal ?

Me faudra-t-il chanter, sur des rhythmes attiques,
Ces superbes gredins, ex-courtauds de boutiques,
Ces pillards, saturés de leur vénalité,
Qui cuvent au grand jour leur immoralité?
Je voudrais que mon vers eût de telles morsures,
Qu'il emportât les chairs avec leurs flétrissures !

O siècle sans vergogne ! ô siècle de clinquant !
Où l'or fait un seigneur d'un laquais, d'un croquant, —

Où l'on voit s'étaler, dans de beaux équipages,
Tant de cuistres hautains, fils de leurs tripotages !
Où l'on voit s'abriter tant de mauvaise foi
Sous la griffe du fisc, symbole de la loi !

.   .   .   .

.   .   .   .

VI

Regardez ce bourgeois à la lèvre lippue,
Au ventre bondissant, à la face charnue :
Il vaut le pesant d'or de son obésité.
Corsaire de l'agiot, détrousseur patenté,
Sans pudeur il tripote, et son crédit immense
Se féconde aux guichets de la Banque de France !

Il promène partout ses chevaux festonnés,
Ses valets, insolents parce qu'ils sont galonnés.
Artistes et banquiers, bourgeoisie et noblesse,
A ses fêtes de nuit, tout le monde s'empresse.
D'où sort-il ? — Qui le sait ! — Serait-il d'un beau sang ?
Peuh ! qu'importe ! il suffit qu'il soit riche et puissant !
Qui songe à remuer les bas-fonds de sa vie,
Où la séve serpente à travers tant de lie ?

S'arrondissant toujours par des apports nouveaux,
Son capital dévore un tas de capitaux ;
Et tandis que Mondor encaisse et fait ripaille,
Ses clients déplumés crèvent tous sur la paille.

Mondor est bien heureux ; mais il devient grison :
Il rêve maintenant le vernis du blason.
Sur les tréteaux mondains, où brillent tant de pitres,
Il voudrait à son tour jongler avec des titres ;
Il voudrait s'anoblir, et, se gorgeant d'honneurs,
Porter, sur champ d'azur, des gueules ou des fleurs !

VII

Sa vieille mère, seule, oubliée au village,
S'éteignit sous le poids du malheur et de l'âge :
Par les sombres hivers, on la vit bien des fois
Glaner la branche morte aux lisières des bois ;
Une loque flottait sur sa tête chenue, —
Et la bise mordait sa gorge presque nue !

De sa tombe, aujourd'hui, l'ortie et le chardon
Cachent à tous les yeux le stérile gazon.

Son heureux fils poursuit sa brillante carrière ;
Quand pour lui sonnera l'heure du cimetière,
Sous un drap de velours, richement inhumé,
D'encens nécrologique il sera parfumé.

Sur sa tombe on lira : « *Bon fils*, époux fidèle,
« De toutes les vertus il fut le vrai modèle !
« Ci-gît un noble cœur que la mort a glacé !
« Ci-gît le grand Mondor ! — *Requiescat in pace !* »

Gloire, gloire aux ventrus ! La panse seule est forte !
Le ventre seul est grand ! — la poésie est morte !

1865

LES JEUNES D'AUJOURD'HUI

—

I

Qu'il était pur jadis, qu'il était respecté,
Le foyer paternel — aujourd'hui déserté !
L'on écoutait l'aïeul, l'on adorait la mère ;
Tous les cœurs s'unissaient dans la même prière.

La famille était sainte — et les fronts radieux
S'inclinaient doucement, toujours chastes, pieux, —
Et l'âme, moins soumise aux ardeurs corporelles,
Se plaisait à rêver des choses immortelles...

Notre niveau moral s'abaisse chaque jour:
L'on ne sait plus aimer, l'on ne fait que l'amour;
Dans ce siècle de fer la matière domine, —
Et le Progrès, enfin, n'est plus qu'une machine.

II

Vous avez, aux foyers, des mères et des sœurs,
Et vous les éloignez, sans regret, de vos cœurs;
Vos parents, vos amis ont de paisibles fêtes;
Mais vous êtes honteux de leurs plaisirs honnêtes!

Redoutant les labeurs de tout noble métier,
Vous savez endosser le harnais du boursier :
Car vous aimez l'argent, et vous couvez des vices
Qu'il faut entretenir sans trop de sacrifices.

L'épargne du pays enrichit nos palais
De livres, de tableaux; vous ne lisez jamais, —
Vous ignorez le Louvre : il vous faut des brochures
Et des cartes-portraits — flambant de gravelures.

Nos lyriques puissants vous lassent, vous font peur :
Rien n'est sacré, pour vous, que le *chant du Sapeur!*..
Et vous vous en allez, désœuvrés, taciturnes,
Quémander au hasard vos passe-temps nocturnes.

Dédaignez, oubliez les Grecs et les Romains, —
Nos maîtres vénérés, poëtes souverains ;
Et courez aux tréteaux, courez aux brasseries,
Aux pièces à mollets, aux stupides féeries !

1865

LES NOUVEAUX PROPHÈTES

—

I

A l'œuvre ! à l'œuvre ! allons, les bâtards de Voltaire,
Ricanez, croassez, hurlez sur le calvaire !
Pharisiens du progrès, scribes de l'avenir,
Évoquez la Raison et faites refleurir,
Dans les vallons sacrés, l'Athéisme et le Doute !
Allons, doctes pasteurs, prêtres du renouveau,
Chassez-les devant vous, comme on chasse un troupeau,
Tous ces faibles croyants égarés dans leur route !...

2

II

Raisonneurs, éteignez votre pâle flambeau :
Dans le ciel luit toujours l'étoile qui nous guide.
O phares ténébreux ! votre lueur livide
Reflète le néant, attriste le tombeau.

Nous vous connaissons bien, apôtres du blasphème,
Gigantesques cerveaux, pétris de vanité,
Vous voudriez éclairer toute l'humanité,
Du rictus dédaigneux de votre face blême !

Oui, nous le connaissons votre sourire amer :
Le Baptiste pour vous n'est plus qu'un hydropate,
Jésus n'est plus pour vous qu'un rêveur démocrate,
Un doux halluciné, précurseur de Mesmer.

Sombres hiboux, hantez l'arbre de la science :
Sous ses branches couvez vos monstres nouveau-nés ;
Pressez, griffez, mordez ses fruits empoisonnés,
Vous n'en ferez jaillir qu'une impure substance.

Fouillez, épiloguez, traduisez de l'hébreu ;
Dans l'ombre, égarez-vous aux steppes de l'histoire ;
Mais laissez-nous en paix prier, aimer et croire ;
Respectez nos autels, respectez notre Dieu !

L'espérance et l'amour fleurissent dans nos âmes;
Du Christ nous adorons la consolante loi;
Nous sommes les gardiens du temple de la Foi,
Nous, les pauvres d'esprit, les enfants et les femmes!

1865

VOX POPULI

—

I

Écoutez, écoutez cette rumeur lointaine...
    Elle s'approche, elle grandit...
Elle éclate... Écoutez! c'est la tempête humaine,
    Le vent du faubourg qui mugit,
Le ruisseau débordé, l'immonde populace,
    C'est de l'égout de la cité
Le sédiment qui gronde et jette à la surface
    Sa fange et sa fétidité !

II

Regardez-les grouiller, tous ces porte-guenilles,
    Qui cuvent le sang et le vin, —
Ces femelles sans nom, populaires chenilles,
    Tout cet impur menu fretin
De femmes et d'enfants, reptiles de la rue,
    Dont le venin jamais ne dort,
Qui s'en vont frétiller aux trottoirs où l'on tue,
    Portant les hochets de la Mort !

Mégères, nains, forçats que le meurtre déchaîne,
    Tout ce ramassis repoussant,
Est-ce le peuple ? — Non, c'est de la fange humaine
    Aux éclaboussures de sang !

A JOHN BULL

—

Pourquoi craindre toujours ? La France est débonnaire ;
Elle sait oublier. Puis, que pourrions-nous faire
    De tes tonneaux de gin ?
Dieu, — qu'il sauve ta reine et que sur nous il veille ! —
Dieu nous donna le blé, le soleil et la treille,
    Dieu nous donna le vin.

Londres, 1861.

MA PROFESSION DE FOI

N'arborant point de couleurs symboliques,
Pour en changer lorsque change le temps,
Insoucieux des rumeurs politiques,
J'ai toujours fui les partis inconstants.

J'ai du mépris pour l'arrogance humaine;
Je hais Comus, tous les dieux affamés;
Pour les méchants j'eus toujours de la haine,
Je plains les fous, j'aime les opprimés.

J'entends prôner des systèmes sublimes;
Je n'en veux point sonder les profondeurs;
Je ne pourrais, m'égarant sur les cimes,
Suivre le vol de nos réformateurs.

Reconnaissant mon ignorance extrême,
Doux citoyen, je vois parfaitement
Que je ne puis me gouverner moi-même :
Je me soumets à mon gouvernement.

Je suis rêveur et je vis à ma guise,
Me souvenant que tout est vanité;
La tolérance est ma seule devise,
Et je lui dois ma douce liberté.

LES RÉPROUVÉES

—

I

N'avez-vous pas, la nuit, en détournant les rues,
N'avez-vous pas heurté de ces filles perdues,
    Allant, venant sur le trottoir,
Dans l'ombre vous jetant l'impudique grimace
    D'un visage hideux à voir,
Où le vice a creusé l'ineffaçable trace
    Du cynisme ou du désespoir ?

II

Ne les maudissez pas, ces honteuses misères ;
  Que n'ont-elles pas dû souffrir,
Ces vierges du faubourg, pauvres filles sans mères
  Que la faim souvent fit pâlir !

Elles avaient, enfants, leurs innocentes fêtes
  De soleil, de chansons, de fleurs ;
Le Vice et la Misère, horribles proxénètes,
  Flétrissant les fronts et les cœurs,
Trainent aux lupanars ces tristes réprouvées ;
  Et le Vice bientôt en sort,
Emportant la Misère et ses sombres couvées
  A l'hôpital, — puis à la mort !

III

Chrétiens, n'oubliez pas la courtisane blonde
  Versant les pleurs du repentir
Aux pieds du bon Jésus, le doux sauveur du monde,
  Qui sut pardonner et bénir.

Londres, 1861.

ΨΥΧΗ

—

Jeunesse, amour, beauté, gloire, bonheur, tout passe ;
Le Temps dévore tout, le feu comme la glace ;
        Nous laissons ici-bas
D'un faible souvenir la fugitive trace ;
Tout s'effeuille, tout meurt, disparaît ou s'efface ;
        Mais l'âme ne meurt pas.

RITOURNELLE

—

I

Au fond de toute chose
Il est une douleur !...
Souvent un pli morose
Assombrit la splendeur
D'un beau front où repose,
Où sourit la candeur...
Au fond de toute chose
Il est une douleur !

II

Dans l'âme à peine éclose,
Frais calice de fleur,
Où le rayon se pose,
Il est un ver rongeur.
Sous la lèvre de rose,
Sous le rire moqueur,
Au fond de toute chose,
Il est une douleur !

A ISOLINE

—

Ton regard est moins pur et ton front plus rêveur :
Tu pressens de l'amour l'enivrante saveur.

Oui ; quelque temps encor tu vivras de beaux songes ;
Tu connaîtras l'amour, ses douceurs, ses mensonges ;
Tu connaîtras les pleurs, peut-être l'abandon ;
Puisse-t-il te rester la force du pardon !

BILLET

J'aime de votre front la pudique noblesse,
Et le doux abandon qui préside à vos pas ;
J'aime de vos regards l'ineffable tendresse ;
J'aime tout en vous ; mais... je ne vous aime pas.

MATER DOLOROSA

LE NID DÉVASTÉ

—

1

Adieu, pauvres enfants! Pour vous plus de famille!
Emportez avec vous ce doux flambeau qui brille
      Dans mon soir attristé!
Pauvres oiseaux, adieu! Votre brillant ramage
Déjà ne s'entend plus, étouffé par l'orage,
      Dans le nid dévasté.

II

Emportez, emportez votre chanson joyeuse,
Qui berçait, chaque soir, mon âme radieuse,
    A la fin des labeurs !...

Plus de cris, de babil, de charmante prouesse !
Plus de petite main qui doucement caresse,
    Et qui sèche les pleurs !...

III

Non, ne me quittez pas ; l'épreuve serait rude,
Pour mon cœur, effrayé de tant de solitude...
    J'ai peur de l'avenir !...

Plus de fronts à baiser !... et, l'hiver, près de l'âtre,
Ils ne reviendront plus sur mes genoux s'ébattre !...
    Plus de fronts à bénir !

IV

Hélas ! ils sont partis ! Pour moi plus de famille !
Je reste sans amour, sans ce flambeau qui brille
    Dans un soir attristé !...

Hélas ! ils sont partis ! et leur joyeux ramage
Déjà ne s'entend plus, étouffé par l'orage,
Dans le nid dévasté !

A MYRTA

—

I

Ne te détourne point de ta route fleurie,
Que féconde l'espoir aux rayons du bonheur,
Pour venir respirer sur sa tige flétrie
Une fleur qui n'a plus ni parfum ni couleur.

II

Emporte loin de moi tes trésors de tendresses ;
A qui saura t'aimer prodigue tes beaux jours,
Moi, j'ai livré mon cœur au silence, aux tristesses :
Je ne veux plus aimer, je ne veux plus d'amours.

DEUX VERS DE CALDERON

EL MEDICO DE SU HONRA

—

Le feu s'éteint ; un souffle excite son ardeur ;
Mais qui peut ranimer la flamme de l'honneur,
Qui vers le ciel remonte,
Quand sur elle a passé le souffle de la honte ?

L'ANE

QUI VEUT JOUER DE LA FLUTE

—

A X...

Parler peu, parler bien, du sage est la devise.
Sous de bons mots souvent s'abrite la sottise ;
A l'âne de la fable on pourrait comparer
Tel qui d'un sot esprit est fier de se parer.

VIEUX TRUMEAU

I

Il fend l'espace,
Dévorant l'air,
Il fuit et passe
Comme l'éclair.

II

Sus ! Quelle fête
Pour nos chasseurs !
Taïaut, la bête !
Chiens et piqueurs !

III

Chacun le presse
Avec effort ;
Le plomb le blesse :
Il tombe mort !

IV

Bête éventrée,
Pour en finir,
C'est la curée :
Quel doux loisir !

LE SEIGNEUR D'ARCADIE

FABLE

Un baudet, possesseur
D'une vaste prairie,
Dans un val d'Acardie,
Paissait en grand seigneur ;

De l'aube à la couchée,
L'orgueilleux animal
Ne faisait que régal.
Par lui, simple baudet, son herbe était foulée
D'un pas vraiment royal.
Dans un ruisseau bien clair, souvent Son Excellence,
Seigneur d'Aliboron
Aimait à se trouver beaucoup de ressemblance
Avec le roi Lion.

Le roussin prétendait qu'une oreille bien fière
A plus de majesté qu'une épaisse crinière.
Du tendre rossignol méprisant les chansons,
Il ruait et braillait d'épouvantables sons.
Il dédaignait les siens, car le bât les ravale,
Et faisait peu de cas d'une belle cavale.

Tout le peuple des bois briguait l'insigne honneur
D'assister aux festins du baudet grand seigneur :
Le cheval lui trouvait un port d'Andalousie ;
Le renard de sa voix vantait la mélodie :
« Que d'esprit ! de talent ! » Vraiment, on l'adorait.
Pendant qu'il s'enivrait
De leur flagornerie,
Anes, chevaux, renards tondirent la prairie.

Quand tout fut dévoré : « Foin du sot animal !
Qui n'est bon qu'à bâter ! » s'écria le cheval.
« Baudet, dit le renard, vraiment tu dois te taire;
Baudet, tu veux chanter?... Mais tu ne sais que braire. »

LES MODES D'ANTAN

Autrefois l'on portait, — si j'en ai souvenance, —
Des *tuffes* sur le front, des *colliers* bien barbus,
Des *coques* sur la tempe, avec un peigne immense,
Des *manches à gigots* et des *chapeaux pointus;*
L'on dansait la *gavotte;* — et c'était, pour la France,
Oui, c'était le bon temps, — qu'il ne revienne plus !

Des modes d'aujourd'hui je ne veux point médire :
Comme celles d'Antan, elles prêtent à rire ;
Ayant d'autres travers, nos aimables aïeux,
Bien plus gaulois que nous, — mais aussi vaniteux,
Aimaient à se parer de hautes particules,
Et montraient, comme nous, de petits ridicules ;

Mais, faisant moins d'esprit, ils avaient plus de cœur,
Et toute leur science était le point d'honneur.

A LA FENÊTRE

—

ELLE, *avec intérêt.*

Quel est donc ce monsieur, qui geint sous ma fenêtre?

MOI.

Un amoureux transi : — Voulez-vous le connaître?
De mes rares amis c'est, je crois, le meilleur :
Jeune, beau, plein d'esprit, et surtout plein de cœur...

ELLE, m'interrompant, avec nonchalance.

Est-il riche ?

MOI.

Non ; mais il le sera... peut-être :
Le talent, le travail...

ELLE, de même, avec sécheresse.

Fermez donc la fenêtre.

DON JUAN BLET DE LAS MAQUILLAS

Faisant le joli-cœur,
Dans ta sottise extrême,
Tu rêves le bonheur
D'être aimé pour toi-même.

De ton ventre poussif
Tu resserres les brides,
Et tu crois, vieux naïf,
Dissimuler tes rides.

Tés soupirs langoureux
Produisent, sur ta belle,
D'une vieille crécelle
L'effet mélodieux.

Et ta flamme piteuse
Souvent te laisse coi,
Gelant ton amoureuse,
Qui se moque de toi.

Laisse là tes fleurettes :
C'est l'heure des lunettes.

Qu'il soit sincère ou non,
Qu'il soit vice ou sottise,
L'amour d'un vieux barbon
Est chose qu'on méprise.

GRELOT

Il est docteur en droit, plaidant pour toutes choses;
Au tribunal il prend de magnifiques poses :
Il croit qu'il peut blanchir le plus noir des forfaits,
Par son débit coulant et ses gestes parfaits.
Longtemps il rumina des anciens le grimoire; —
Il pérore, au Palais, sans profits et sans gloire :
Car ce pauvre Grelot, malgré son beau caquet,
N'est pas un orateur : — ce n'est qu'un perroquet.

LE SIRE DE BAUDRUCHE

—

Ignorant, sot, cupide et plein de vanité,
Tu grignotas longtemps de maigres sinécures;
Cela n'enrichit point; tu n'as pas hérité:
Tu puisas donc ton or à des sources impures?

Jamais, au tapis vert, ton avide regard
Ne voulut fasciner la Fortune inconstante;
Mais, si tu ne dois rien au travail, au hasard,
Où donc as-tu pêché tes beaux titres de rentes?

Va, tu peux maintenant, malgré son lit bourbeux,
Raser, avec amour, les eaux de ton Pactole,
T'y plonger, et sécher ton plumage orgueilleux,
En planant, dans les airs, comme tout ce qui *vole*.

POTIN

Nul ne sait, mieux que lui, se glisser près des portes,
Raccoler, frelater des bruits de toutes sortes ;
Nul ne sait, mieux que lui, sous un air doucereux,
Gonfler, envenimer un ragot scandaleux.
Malgré son peu d'esprit, parfois, il fait la bête :
« Ce sont, tout simplement, des *on dit* qu'il répète. »

64

Aussi plat que puant, l'on devrait, sans biaiser,

D'un seul coup de talon, doucement l'écraser ;

Car Potin, je le dis, et ne vous en déplaise,

N'est pas même un serpent : — ce n'est qu'une punaise.

NE SOMMES-NOUS PAS COUSIN, COUSINE?

—

Robin est à son cercle, et madame s'ennuie ;
Elle rêve, elle bâille, — elle écoute la pluie ;
Mais, bientôt, elle entend bruire un pas clandestin,
Allure de matou : — c'est l'éternel cousin.
Sous le toit conjugal, aimable chat qui rode,
Bon, naïf et calin, — au courant de la mode,
Sachant porter l'ombrelle, — offrant toujours son bras,
Le cousin est charmant, et l'on ne le craint pas.

La cousine, ce soir, a pris toutes les armes
D'un coquet attirail; mais elle est dans les larmes :
« Ce n'est pas pour rester, sous un maître jaloux,
« Enchaînée au foyer, qu'elle a pris un époux ! »
Gémissant sur son sort, rougissant de son rôle,
Elle en *voudrait mourir;* — le cousin la console;
Il la console — tant, — et si bien, — qu'à la fin,
L'amant triomphateur éclot sous le cousin.

PAMPHILE

—

Et l'on rit, cependant, l'on rit de l'adultère !...
Pamphile a des enfants, dont il n'est pas le père.
On le trompe, on le berne ; il le mérite bien ;
Car c'est un triple sot qui ne voit jamais rien.

Ne croyant pas au mal, il n'a point de malice;
Esclave du devoir, prompt à tout sacrifice,
Il veut, par le travail, assurer le bonheur
De ses faux rejetons greffés sur l'impudeur.
Sa femme le dédaigne; il l'aime et la vénère!
Et l'on rit, cependant, l'on rit de l'adultère!...

MÉDAILLE

—

I

FACE

Heureuse l'ardente jeunesse,
Qui rit, chante, espère toujours,
Et croit à l'éternelle ivresse
De ses fugitives amours!

II

REVERS

Triste, bien triste la vieillesse !
Sans présent et sans avenir ;
Il lui reste, dans sa détresse,
La béquille du souvenir !

LA MANSARDE

RIEUSE ET COLIBRI

CONTE

1

Il s'épanouissait, sous ses cheveux en boucles,
Toujours frais et pimpant, comme un rosier fleuri ;
Ses yeux étincelaient — comme des escarboucles ;
On l'avait, en naissant, surnommé Colibri.

Sa mère avait vingt ans, et se nommait Rieuse;
Était-ce bien son nom? Je ne le sais, vraiment;
On dût le lui donner lorsqu'elle était heureuse,
Quand son front se penchait moins douloureusement.

. . . .

. . . .

II.

Non, elle n'alla point, pantelante, éperdue,
L'œil en feu, poings crispés, défier l'imposteur,
Qui l'avait délaissée, après l'avoir perdue;
Non, elle n'alla point réclamer son honneur.

La vierge n'avait plus sa couronne éphémère;
Elle s'était flétrie au souffle d'un méchant;
Mais sur son front brillait l'auréole de mère,
Et son cœur possédait un trésor, son enfant.

Vous riez? — Un trésor, — mais un trésor immense,
Abrité, tout entier, dans ces petites mains,
Qui contiennent bien plus d'amour et d'espérance
Que vos accouplements sans foi, ni lendemains.

Rieuse avait vingt ans : — aussi pauvre que belle,
Elle aurait pu se faire un splendide butin,
En se laissant fripper des ruches de dentelle,
Dans les fumoirs coquets du Paris libertin ;

Elle aurait pu briller aux loges de théâtre,
Grignoter le ventru, le pendard enrichi ;
Pousser, de temps en temps, bonne fille de plâtre,
Un gandin déplumé sous les gonds de Clichi.

Elle aurait pu, drôlesse insolente, impudique,
Dans un *panier-mylord*, au retour des lilas,
Sur des coussins, salis par son luxe cynique,
Étaler, au grand jour, ses notoires appas.

Elle aurait pu, mettant toutes ses nuits en vente,
Gaspiller des primeurs, de l'or, des diamants, —
Capitonner son lit de bons titres de rente,
Et changer, tous les mois, de *coupés* et d'amants.

Elle ne voulut pas. La fille abandonnée,
Oui, la vierge souillée était chaste de cœur ;
Et n'ayant pu mourir, pour s'être trop donnée,
Elle ne voulut pas vivre du déshonneur.

III

Elle fit simplement des œuvres de couture,
Pour vivre et se vêtir, gagnant deux francs par jour ;
Elle avait Colibri, sa plus belle parure,
Comme elle avait aussi, pour vivre, son amour.

Colibri l'aimait tant ! — Tout le jour, à son aise,
Il lui brouillait ses fils, — lui caressait les mains,
Chiffonnait son fichu, se hissait sur sa chaise,
Faisant, pour l'embrasser, des efforts surhumains.

Et le peigne, emportant un peu de chevelure,
Glissait, tombait, roulait, se cassait une dent ;
Mais Rieuse, charmée, oubliait la couture,
Pour couvrir de baisers le bambin caressant.

Sur la petite table, il rangeait en bataille
Ses héros de papier, ses soldats de laiton, —
Faisait et défaisait la fragile muraille,
Les supports vacillants d'un château de carton.

Aux beaux jours de soleil, quand tout rit, chante, espère,
Rieuse et Colibri descendaient au jardin ;
Pendant qu'elle cousait, il ravageait la terre,
Et venait triomphant lui montrer son butin.

C'étaient des cailloux blancs, des feuilles et des branches,
De petits barbeaux bruns, bien finement zébrés :
Alors de Colibri les mains n'étaient plus blanches ;
Rieuse les baisait, — les essuyait après.

La mère quelquefois devenait soucieuse,
En songeant que, plus tard, Colibri s'en irait, —
Que son amour rendrait une autre femme heureuse,
Qu'elle resterait seule, — et Rieuse pleurait.

Lorsque le soir calmait le bruit de la chambrette,
Elle prenait l'enfant pour mieux le caresser, —
Couvrait ses blonds cheveux d'un bonnet de fillette,
Et le faisait prier, avant de le bercer...

IV

Une nuit, — ô douleur ! — ô le cruel martyre !
Rieuse se tordait près du frais oreiller :
Elle appelait son fils qui, semblant lui sourire,
Dormait… dormait toujours… sans vouloir s'éveiller !

Hélas ! ce fut en vain ! — Alors, la pauvre femme
S'accroupit sur le sol ; elle ouvrit de grands yeux —
Qui ne voyaient plus rien : — le regard de son âme
Suivait son Colibri, qui s'en allait aux cieux.

Puis, au matin, à l'heure où le soleil se lève,
Quand s'éveille la fleur, lorsque le riche dort,
Rieuse vit passer, près du lit, comme un rêve,
Un vilain homme noir : c'était un croque-mort !

V

Mais Rieuse, à son tour, dites, que devint-elle ?
Son ange Colibri, du séjour bienheureux,
Revint chercher son âme, et la mit sous son aile : —
Ne les plaignez donc pas : ils sont au ciel, tous deux.

FRANCISCO ZEA

SIMPLE HISTOIRE

—

I

A Madrid, l'an dernier, un fantôme de gloire
Soulevait le linceul, réveillait la mémoire
De *Francisco Zea* [1], famélique rimeur,
Brisé par le dédain, tué par la douleur.

[1] Poëte mort de misère à Madrid, en l'an de grâce 1859, à l'âge de vingt-
neuf ans.

Mais je veux simplement de sa navrante histoire
Vous redire un seul trait, son beau titre de gloire.

II

La mère de Zea, par une trahison,
Comme faussaire, un jour, fut jetée en prison.
Longtemps on l'oublia sous une infecte geôle,
Dans un hideux réduit de PRISON ESPAGNOLE !

Pauvre femme, naïve, aimant son fils et Dieu,
Trois ans elle gémit dans cet infâme lieu,
Subissant le contact de mégères impures,
Respirant les poisons de toutes les souillures !

Dans l'horreur et la honte elle égrenait ses jours ;
Mais son fils l'aimait tant ! elle espérait toujours.
L'enfant pieux voulait abréger son supplice :
Sans cesse il demandait grâce, pitié, justice.

Innocente de cœur, mais non de par la loi,
De sa mère on avait surpris la bonne foi :
Les hommes l'absolvaient ; mais le code implacable,
De son texte d'airain, la déclarait coupable.

III

Sa tâche terminée, il allait chaque soir
Se suspendre aux barreaux du sinistre parloir ;
Et murmurant tout bas une douce parole,
Recevait un baiser, puis donnait son obole,
Le modique produit du plus rude labeur
Que l'enfant s'imposait, plein de fiévreuse ardeur.

Ce baiser quotidien rendait la femme forte ;
Sans les baisers du fils la mère serait morte.

IV

Un soir, Zea sentit une atroce douleur
Qui lui brûlait la tempe et lui tordait le cœur...
Au seuil de la prison, des femmes, condamnées
Au bagne d'Alcala, s'agitaient enchaînées :
Et sa mère était là, — parmi ce vil troupeau,
Cet ignoble rebut, marqué par le bourreau !
Sa mère était rivée à la chaîne infâmante
Qui déjà l'entraînait anxieuse et mourante !

Comme il devait souffrir ce fils martyrisé
Par toutes les douleurs, par la honte brisé !
Comme il devait souffrir, cet enfant, ce poëte,
Qui sous tous les mépris avait courbé la tête ! —
Énergique lutteur, mais toujours impuissant,
Morne, il se repliait sur son cœur tout sanglant.

Dites, fût-il jamais souffrance plus amère ?
Il voyait maintenant sa douce et vieille mère
S'en allant, sous le fouet, à travers les chemins,
Les pieds ensanglantés et des chaînes aux mains !

Et l'on vit, dans ses yeux, un éclair de folie ;
Voulait-il en finir avec sa triste vie ?
Non, — il voulait garder sa force et sa raison ;
Il voulait, pour sa mère, ou justice, — ou pardon !

Par un sublime effort il dompta la démence ;
Haletant, il courut implorer la clémence
Des riches, des puissants... Enfin, — il fut vainqueur
Dans l'horrible combat qu'il dominait du cœur.

V

En triomphe, au logis, il ramena sa mère . —
Pour eux, le sort sembla se montrer moins sévère :
La bûche petillait au modeste foyer,
Et le pain abondait au bahut de noyer.

Un éclair de bonheur rayonna dans sa vie ;
A sa mère il donna, pour compagne chérie,
Une enfant qui l'aimait de son premier amour :
Le fardeau de sa croix était déjà moins lourd.

Il pouvait cheminer, appuyant sa faiblesse
Sur ces deux vaillants cœurs, pleins d'ardente tendresse...
Mais le chemin fut court :— Quand il touchait au port,
Il lui fallut sombrer sous le vent de la Mort !

A ce déshérité la pâle Renommée
A payé son tribut de bruit et de fumée ;
Grâce aux larmes d'emprunt, grâce aux pompeux discours,
Son immortalité dura... près de huit jours !

1860.

LES SŒURS DU GOLGOTHA

—

Son sang ruisselle encor sur le front de Marie,
Qui vient de recueillir sa cruelle agonie;
Mais, avant d'expirer sous le poids des douleurs,
Un sourire divin a brillé sous ses pleurs.

Sourire de pardon, — douce larme féconde,
 Vous avez enfanté,
 Pour consoler le monde,
L'Espérance et ses sœurs, la Foi, la Charité.

Le Juste peut braver le destin qui l'outrage,
A la voix qui lui dit : « Relève-toi, courage !
« Le fardeau de la vie est-il donc éternel ?
« Pourquoi gémir ainsi, n'es-tu pas immortel ?
« La vie est un reflet de la céleste flamme
« Qui meurt avec le corps — pour renaître avec l'âme !

« Relève-toi donc ! marche, en t'appuyant sur moi ;
« Fille du Dieu martyr, on me nomme la Foi. »

Il marche, résigné, chassant au loin le Doute,
S'appuyant sur la Foi, qui le guide en sa route.

Mais si les passions, si la Cupidité,
Si la Haine et l'Envie, et si l'Impiété,
L'Impiété surtout, implacable Euménide,
Si ces filles du Mal l'arrachent à son guide,
Dans son isolement il se débat en vain ;
Il tombe terrassé par l'égoïsme humain,
Et rejette le fiel de son âme en délire.

Mais une voix lui dit : « Garde-toi de maudire !
« Tous ne sont pas méchants ; il en est d'égarés ;
« Vois, — que de fronts meurtris, de cœurs désespérés !

« Rends le bien pour le mal, le pardon pour l'offense;
« Remonte, par l'amour, à ta divine essence.

« Je viens donner la paix à ton cœur attristé;
« Fille du Dieu martyr, je suis la CHARITÉ.

« Je suis la Charité qui sourit et console,
« Qui prodigue au malheur le dictame et l'obole;
« Je suis la CHARITÉ qui calme les douleurs,
« Qui promet le pardon et qui sèche les pleurs;
« Avec la FOI, je veille aux chevets de souffrance,
« Où toujours veille aussi notre sœur l'ESPÉRANCE.

« Pardonne, — espère, — crois, — livre ton avenir
« Aux sœurs du Golgotha, filles du Dieu-Martyr. »

TABLE

———

PARIS. — TYP. SIMON RAÇON ET COMP., RUE D'ERFURTH, 1.